AF368305

Avertissement : Ce livre comporte des passages graphiques violents s'orientant vers un public adulte.

Par l'un des co-auteurs de Petit canard, présente…

L'abominable sapin !

Inspiré de fait non-réels

Ce livre est déconseillé aux âmes pures et à ceux qui croient

que la terre est plate.

Attention : Ce livre contient un humour très noir…

Pour public averti…

… Pour un public très averti …

Aucun être humain n'a été maltraité durant l'écriture de ce

livre.

Il était une fois, dans un laboratoire qui sentait le fond de culotte d'un bonhomme qui ne s'est pas essuyé le derrière depuis un millénaire vit un être, n'ayant plus toute sa tête.

Sa barbe grisâtre et son air de vieux sénile sur le point de faire une crise hystérique en disait long sur sa vie.

Ce vieux déchet de la société passe son temps à sniffer de la coke sur le cul de cette prostituée déniché dans un conteneur d'un vieux resto chinois à moitié abandonné et l'individu en question a une collection de champignons aussi magiques que cancéreuse.

Et cet homme se nomme Alyson, oui Alyson.

Pourquoi n'aurais-je pas le droit de l'appeler Alyson ?

C'est un nom de fille c'est ça ?

Peut-on arrêter d'être sexiste en 2024 ?

Donc, je disais, Alyson est un vieillard et son plus grand passe-temps est de regarder des films tellement à chier pour certains, mais pour lui, c'est du grand art, des chefs d'œuvres que même James Cameron n'arrivait pas à atteindre.

Un art aussi délicieux que de la merde de chien séché au soleil.

Son film préféré est *Chillerama* qui raconte quatre histoires dans un même film.

Dans le premier, un spermatozoïde géant envahit les rues de New York, le deuxième un jeune adolescent est transformé en ours-garou, le troisième les expériences à la Frankenstein d'Hitler et le troisième, un pop-corn dangereux qui transforme les gens en zombies.

Et son réalisateur préféré est Quentin Dupieux.

Son film *Rubber*, Alyson le place en seconde position de ses films fétiches.

Il a vu à travers le caoutchouc du pneu quelque chose de sensationnel, d'une excitation sans pareille.

La même sensation que la première fois que vous avez fait l'amour.

Cette sensation qui vous emmène dans les entrailles de la vie éternelle.

Sans réel emploi, à part vendre son sperme sur le Dark Web et sans réel talent, il s'est nommé scientifique.

Oui, oui, comme ça, en claquant des doigts, en s'épilant les jambes et en se faisant une coupe mohawk avec ses poils de couilles.

Pas scientifique pour n'importe quelle raison, il allait révolutionner le monde de la science.

Il allait devenir le roi du monde, le roi de l'univers, il allait…
Trop tard, voilà que sa tête roule sur le plancher.

Ce qu'il a fait n'a rien d'extraordinaire, ni de WOW ! Ni de *oh my god, Jésus Marie Joseph, sainte mère de Dieu, je te veux dans moi, grand-papa Bi.*

Il aurait dû étudier, mais Alyson c'est Alyson, le squatteur qui vit dans un bunker abandonné depuis la Seconde Guerre mondiale maintenant transformé en laboratoire, au fin fond d'une forêt où même les rats n'osent pas se rendre.

Ses doigts sales et gommant, Alyson vient de se toucher devant la photo d'un joli sapin qu'il a pris soin de décorer de guirlande, finalisé par une couronne.

Pourquoi un sapin ?

Parce qu'Alyson est atteint dendrophilie, c'est-à-dire qu'il ressent une forte attirance pour les arbres.

Depuis son enfance pas si tendre, ses parents l'ont surpris dans la forêt derrière sa maison.

Si l'on pouvait appeler cela une maison.

Car ça ressemblait plus à une décharge qu'autre chose.

Quand vous passez devant une ferme composée de vache énorme, vous savez cette odeur nauséabonde, c'est comme ça que ça sentait chez Alyson, avec un léger goût de durian.

Il aimait bien communiquer avec la nature, mais bien profondément, au plus profond de son trou de balle.

Bien qu'Eddy, un jeune infirmier de 20 ans qui pratiquait la médecine depuis presque 40 ans, bien avant sa renaissance lui ait enlevé des épines du postérieur avec des pinces à cil, jamais il n'avait osé dire la vérité à ses parents.

Ainsi, après sa séance de torture qui semblait éternelle, il reçoit un bon petit chocolat chaud et des tylenols.

Tout est bien qui finit bien…

Si seulement.

Si seulement…

Si seulement !

Sale enfant de chien de sa race de petit emmerdeur de…

Enfin, c'était un enfant qui aimait bien nager dans la folie.

Enfin, bon, si je commence à vous raconter son enfance, vous allez chier par terre.

Venons-en au but, Alyson voulait avoir son propre arbre, son propre sapin et coucher avec comme bon lui semble.

Il voulait être scientifique pour créer des arbres qui puissent réaliser le fantasme de plusieurs.

Mais qui a ce genre de fantasme, sérieusement ?

Durant cinq ans de sa vie, il avait tout fait pour donner vie à cet être venant de la forêt des Trois-Épinettes et aujourd'hui, il avait réussi.

Et sa réussite allait devenir un cauchemar, pas juste pour lui, mais pour tous les citoyens de Raymond-Tête-De-Bite, la communauté composée d'au moins 150 habitants et ce nom farfelu a, jadis, appartenu à un homme qui avait la bite à la place de la tête.

C'était une malformation génétique.

Il avait vraiment des testicules sur les épaules et Raymond éjaculait de son cerveau.

Ses bras étaient également remplacés par ces jambes et il marchait sur les mains.

Ses yeux, sa bouche de même que son nez étaient situés sur son visage en forme de sexe masculin.

Malgré son allure monstrueuse, il ne se laissait pas faire.

Il est devenu le roi Raymond-Tête-De-Bite, fils d'Asmarelodertias Vagin première du nom, épouse du roi Jean Jean Quéquette Tite-Queue LaBranlette.

Devant son invention, son beau sapin brodé de bijoux d'argent et d'or qu'il a volé dans une friperie est désormais muni d'un cœur et d'un gros pénis gonflé au viagra et deux couilles.

Sans avertissement, l'arbre enlève les pantalons de son maître puis commence à le masturber.

Au début, Alyson s'en réjouit, mais c'est en pleine jouissance, ses yeux fermés qu'il entend un craquement ne provenant nullement pas du grenier où est enfermé les morceaux restants de ses parents dévorés par des vers de soie ni même du sous-sol où est recluse, dans un état avancé de moisissure, Poppy-Pop.

En ouvrant ses yeux, le sapin est devant lui et du sang coule de sa main droite épineuse.

De celle-ci se trouve le vieux pénis d'Alyson.

L'arbre le lui a arraché d'un coup.

Sur le choc, Alyson se met à genoux et hurle sa souffrance même s'il savait que personne n'allait venir, car c'était un abruti de première à qui l'on avait littéralement oublié son existence.

Même la police se foutait de sa gueule.

Alyson venait de perdre sa bite, mais également…

Sa tête !

Le sapin a pris une hache tâchée de sang de ses progéniteurs qui traîne sur le comptoir et puis SCHLACK !

Sa tête roule sur le plancher poussiéreux.

Maintenant, c'est au tour du sapin et de son gros bat' de jouer.

UN

Maintenant que le prologue vient d'être établi et qu'Alyson n'est pas un saint comme les seins de ta mère, passons à Will, le nain du roman et le Tyrion Lannister de chez Wish.

Des heures plus tard se sont écoulées comme son sperme qui se déverse en quantité phénoménale dans la gorge profonde de Poppy-Pop qui s'est fait libérer par notre sapin tueur et kidnappé une mini seconde plus tard par notre nain national.

Ah, que notre déchet chinois n'a pas de chance après s'être noyé par le superbe liquide blanc de Will préoccupé par une lettre qui lui ait destiné.

Pour bien vous décrire qui est Will, WilliamFred Freddy Frette-Ton-Hiver de son vrai nom, le petit homme de trois pommes moins un quart, aime être soumis et recevoir des coups de matraque sur sa queue par autant de femmes que de chèvres et des hommes-troncs.

Également, Will est un amoureux des animaux et travaille comme agent de sécurité dans la grande tour de L'Olympe avec son ami, Bretzel Prince-Phallus.

Dans son bureau, parfumé à l'eau de rose, sa secrétaire vient lui remettre une lettre…

N'oublie pas la soirée de ce soir !

— Non, mais juste, ta gueule, je ne suis pas attardé non plus, je vais venir je te jure, se dit-il après quelques jurons et s'être fendu la lèvre inférieure par mégarde.

Maintenant que vous avez connu un fabuleux personnage, passons à la crème de la crème, l'incroyable, le fabuleux, Bretzel, notre personnage principal du livre.

Faisons une pause, voulez-vous, je dois aller pisser.

Plus sérieusement, je vais vous expliquer pourquoi il s'appelle Bretzel…

FLASHBACK

Un mardi matin, Katryn l'a accouché dans un bain de Bretzel, car d'après les dires ce bon docteur Eddy Cure-Dent, ça l'air que c'est un antivirus immunisable contre toutes les maladies existantes et inexistantes.

Après avoir retiré 10 000 $ au guichet du coin, il décide de faire un arrêt dans Le-Trou-De-La-Chatte qui est à la fois, un bar de danseuse, un salon de massage érotique, une salle d'audition pour des films pornos donc la très réputé Nara dite La Fée-Condé y travaille avec une joie exceptionnelle

Son corps de déesse provoque chez Alain, son homme, une explosion dans ses boxers mélangeant parfois, sperme, pisse et autre liquide encore méconnu à ce jour…

Ce pauvre Alain ne peut se contrôler.

Mais aujourd'hui, Bretzel n'allait pas la rencontrer.

Cette fois, il va à la rencontre de miss Haleine Fraiche, la dévoreuse de gland, la grande vipère aux canines assoiffée de sexe.

Elle est à la fois folle et ténébreuse ; une gothique emo suicidaire ascendant scorpion.

Elle est l'épouse de Bretzel, cet homme sans rêve, sans buts, mais avec de l'argent à profusion.

La véritable raison est qu'il a volé la fortune à son père.

Après être allé chercher sa dulcinée d'une différence d'âge de 50 ans, tous deux arrivent à La Grosse Patate de Gaston, un restaurant noté 5 étoiles et deux planètes.

Ici, hommes, femmes et tout ce qui est vivant mangent des plats marinés dans des sauces d'argent, d'or, d'émeraude et de diamant par le grand chef Gaston Gaz-De-Schiste reconnu pour ses pogos cuits à point.

Autour d'une table faite à partir de stalagmite et de stalactite sont rassemblées 19 personnes, les 19 plus riches de Raymond-Tête-de-Bite.

Entre autres, on peut y retrouver Bretzel, Haleine, Nara, Alain et même Eddy, mais aussi un certain Tom Vic Von Van Vervant, le travesti le plus aimé de ce village situé entre trois McDonald's et un Burger King.

Aujourd'hui, s'ils devaient se rassembler ici même en ce lieu magnifiquement magique c'est pour souligner le dix-huitième anniversaire de ce dernier.

PARTYYYY !!!

Drogue et poudre, alcool et purell…

À soir, il n'y a pas de limite, pas de profondeur…

Puis vint le fameux gâteau persil, ananas et tétanos, le préféré de Tom.

Oui, il a des goûts bizarres et il n'est pas le seul. Ici, tout le monde aime ce qu'ailleurs pourrait faire lever le cœur.

— Joyeux anniversaire, lui dit Marcel en lui offrant un baiser sur ses lèvres. Fais un vœu.

Un souhait le plongeant dans un passé lointain…

FLASHBACK

Un jour de printemps, au fin fond de la cour d'école, ses camarades de classe l'ont emmené dans une forêt sombre où grouillaient des araignées et d'autres bestioles, aussi dégueulasse l'une des autres. Tom avait été piégé par des élèves qu'il a cru être ces amis, mais aussi c'est à cet endroit précis qu'il a perdu sa virginité… Non pas, par Fifi Brin de Scie, son ami à la chevelure dorée avec qui, il aurait pu engendrer la vie. Plutôt avec ce sapin qui brillait d'un feuillage aux couleurs vert pomme.

Ô combien, il aimerait revivre ce moment.

Et il allait le revivre, croyez-moi, et ce, à 1 h du matin.

Complètement saoul et défoncé autant dans yeule que dans le fond du fiack.

Si seulement il savait ce qu'y l'attendait…

Oh là là ! Qu'il allait y goûter !

Vous allez voir mes amis, ce sera une explosion de saveurs pour le moindre appétissantes.

Dans sa voiture, la TurbinoSexosarius de couleur jaune pissenlit qui n'avait que deux vitesses, lente comme une tortue et rapide comme un guépard.

Il se surprit d'un rire dément accentué d'un miaulement puis d'un meuglement.

En effet, il est atteint du syndrome pseudobulbaire, le même que le joker, en plus d'être dendrophile.

Mais il est heureux…

Tom est un enfant heureux, un être qu'on a envie de lui chanter une berceuse pour qu'il s'endorme dans les bras de son doudou tout en suçant son petit pouce.

Sur le point de partir, son caca roulant ne veut pas démarrer.

— Fuite de gaz, j'imagine.

Soudain, on toque à sa fenêtre, son cœur a failli danser la macarena.

C'est Will, notre nain de l'histoire.

— Je suis désolé d'avoir manqué ta fête, tu sais, il m'est arrivé une drôle de situation…

Poppy-Pop s'est noyé dans son liquide séminal, la pauvre… Will a dû essayer de trouver un moyen de se débarrasser de son cadavre. Le seul moyen fut de l'ingérer après l'avoir découpé et dépecé en petites lanières.

Après qu'il est parti avec le nez cassé par la rage de Tom, quelqu'un ou quelque chose de pas très léger s'écrase sur son toit.

— WilliamFred, combien de fois je t'ai dit de ne pas sauter d'un toit ?

Tom trouve cela assez drôle quand il voit que ce n'est pas le nain qui avait décidé d'en finir avec sa vie, mais un arbre.

Bien quoi, c'est quand même assez drôle qu'à soir, un arbre se suicide.

La vie de Tom est composée de situations cocasses à s'en lécher les doigts.

Un jour pas très glorieux, à l'âge de 18 ans, en tant que dentiste, Tom a dégueulé dans la bouche d'un patient. Il fut renvoyé sur le champ.

Une semaine plus tard, il est capitaine d'un bateau. Se trompant d'île, il a envoyé un joli couple sur l'île de North Sentinel ou tous deux se sont fait accueillir par une tribu pas très sympa. Ils ont été retrouvés criblés de flèche.

Enfin, vous voyez le genre…

Puis, vient son moment d'une jouissance maladive, se faire enculer par un arbre, ce fameux sapin.

Il s'était fait violer par un putain de sapin.

Son gros pénis a déchiré le cul de Tom et a éjaculé en plein sur ses poumons....

Mais Tom trouve cela drôle.

Le sourire aux lèvres, c'est ainsi qu'il est décédé. Il est mort heureux.

DEUX

Le lendemain, Haleine et Bretzel se réveillent avec une troisième personne au lit, Odry L'Avorton.

— Odry ? Prononce le couple.

— C'est bien moi ?

— Je sais que c'est toi…

— Pourquoi dites-vous mon nom dans ce cas ? Tu sais quand on connait quelqu'un on dit pas son nom, en tout cas, je pense que c'est ça qu'on dit, non ?

— De quoi tu parles ? lui demande sagement Haleine. Surtout que fais-tu ici, comment es-tu entré ?

— Bien c'est assez simple, j'ai cassé ta fenêtre…

— Tu as quoi ? questionne Bretzel.

— J'ai cassé ta fenêtre.

— Non, je le sais, mais pourquoi ?

— Bien parce que je voulais entrer.

— Odry, t'aurais pu cogner.

— C'est vrai que j'aurais pu…

— Regarde-moi Odry, maintenant pourquoi tu es ici ?

— Je voulais voir mes amis.

— Tu voulais nous voir, mais Odry as-tu vu l'heure ? Y'er 5 h du matin.

— Je sais, mais je voulais vous voir.

— Mais pourquoi ? Odry, il est 5 h du matin…

— Je le sais, vous me l'avez dit.

— Pourquoi es-tu ici, dans notre lit ? En plus, t'es nue ?

— Vous me voyez nue ?

— C'est assez évident, mettons.

Odry se regarde et se recouvre avec le drap.

— Vous m'avez vue toute nue ? Oh, je m'excuse.

Bon, vous l'aurez compris, Odry est conne.

FLASHBACK

Après sa soirée au restaurant de Gaston, elle avait vu ce qui était arrivé au pauvre Tom, mais elle n'avait rien fait, car Tom semblait heureux. Après son décès tragique du travesti, Odry remarque le sapin, surtout, son énorme manche à balai aux mille épines. Elle s'en est mordue les lèvres.

Gros soleil, les pauvres se font cracher dessus par les riches et les riches veulent devenir plus riches.

Sur une piste cyclable où la faune sent la rose et la pisse de chien, Bretzel décide d'aller faire un petit tour de tricycle avec Odry pour lui faire changer ces idées pas très nettes.

Non, mais un sapin avec un engin masculin gros comme une batte de baseball qui tue à coup de reins, ça ne se peut que dans la tête des aliénés mentaux.

— Tu sais, ma belle… commence Bretzel.

Ma belle est juste un mot pour la définir, car Odry est sale, ses dents sont jaunes et elle sent la vieille mope laissée dans un garde-robe depuis belle lurette.

— Je veux que tu t'en ailles chez toi et je veux que tu agisses comme quelqu'un avec la tête sur les épaules.

— J'ai la tête sur les épaules…

— Tu sais très bien ce que je veux dire…

— Bien oui, tu viens de le dire, j'ai la tête sur mes épaules alors que j'ai la tête sur les épaules.

— Laisse tomber.

— D'accord.

Elle arrête soudainement de pédaler et se met à tomber sur le côté, ses fesses atterrissent sur le gazon et elle reste ainsi, fixant le vide.

— Que fais-tu ?

— Je fixe le vide.

— Pourquoi ?

— Vois-tu j'ai peur.

Bretzel aurait dû rester avec Haleine et laisser la petite conne filer vers chez elle-même si ça fait 3 ans qu'elle n'arrive plus à se souvenir de son adresse.

3 ans qu'elle n'a pas dormi.

Chez elle, Haleine allume la télé avec sa télécommande et met le poste à TVA Poubelles. Malheur, elle vit la triste nouvelle de ce qui est arrivé à Don Juan Lyne, elle a voulu imiter Rose sur un bateau et aucun homme n'est venu la sauver, elle est tombée à la mer et s'est noyée.

— Que c'est triste !

Un petit tour sur *Pornhub*, puis sur *Snapchat*, enfin sur *Tiktok* puis finalement sur *Facebook*, elle découvrit avec horreur que son idole Mimi Meliche LaVaseline s'est cassé le petit doigt sur une patte de chaise.

— Pauvre elle, j'espère, elle va bien.

Debout, se rendant au frigo et se servant un vodka à l'œuf de cent ans mariné dans une sauce curry-coriandre, elle crû voir une ombre se mouvoir sur un de ses quatre murs.

— C'est toi Bretzel ?

Soudain, elle se souvient de ce qu'Odry lui a dit, Tom était mort avec des épines de sapin dans le cul.

Le connaissant, ça se peut, tsé qu'il se soit amusé à se rentrer des arbres dans le péteux.

— Moi en tout cas, je ne crois pas à sa mort, Eddy doit sûrement s'occuper de lui.

Ce n'est pas le cas, Eddy continue de vomir, traumatisé du fantôme dans le ventre de son ami Will ; pauvre lui.

Dès que Haleine éteint la télévision, on sonne à la porte.

— Justement ça doit être Tom, pauvre petite chouette.

Elle découvre qu'il n'y a personne en ouvrant la porte, seulement une poule qui pond des œufs sur son balcon.

— Mais tu fais quoi, toi, à sonner à ma porte ?

Pas de réponse, normal c'est une poule.

— En tout cas, merci pour les œufs ?

Au moment qu'elle se penche pour ramasser les fameux œufs que la poule avait pond quelque chose l'a pénètre. C'est froid et gros.

Haleine est en train de se faire violer.

Pas par n'importe qui, non !

Un foutu sapin, quoi ?

Son gros pénis traverse le corps de la jeune femme en souffrance pour finalement sortir de sa bouche lui brisant quelques dents.

Sur la piste cyclable, Bretzel et Odry regardent le vide puis se regardent avec une passion rare.

Même si Odry pue, Bretzel éprouve un sentiment rare à son égard.

— Bien le bonsoir, à vous.

— On est le matin, lui répond Odry.

— Je m'excuse.

— Pourquoi tu t'excuses ?

— J'ai dit bonsoir alors qu'on était le matin.

— En effet, on est bien le matin.

— Oui, je sais.

— Comment tu vas, Will ? lui demande Bretzel.

— Je vais bien et vous, pourquoi regardez-vous le vide ?

— Pourquoi pas ? lui répond Odry.

— Deviner quoi ?

— Attends, laisse-moi deviner.

Parfois Bretzel croyait que son cerveau avait été aspiré dans un aspirateur.

— Ce soir… commence à dire Will.

— Non, mais attends, veux-tu ? J'aime ça, moi deviner les mots.

Le nain se met à lancer les tricycles de Bretzel et Odry sur deux enfants qui pleurent sans cesse et s'assoit à leurs côtés.

— D'accord, je te laisse deviner.

— Alors ce soir, j'imagine que tu vas… Hum… Tu as un indice ?

— Invitation.

— Invitation… Ce soir… Tu veux m'inviter à danser ?

— Pourquoi je t'inviterais à danser, tu sais même pas danser ?

À ce moment, c'est vrai que Bretzel avait le goût de rire jusqu'à s'étouffer avec sa propre salive au moment où Odry se met a danser la macarena.

— Bon, cesse de faire l'idiote.

— Mais je ne fais pas l'idiote…

Le nain se met à la gifler.

— Ce soir, je vous invite chez moi. Mais avant, allons chercher Nara et Alain, sa guidoune.

C'est ainsi que Odry et Bretzel main dans la main embarquèrent dans la super décapotable jaune de Will pour ce rendre chez ce dernier.

Passant par toutes sortes de chemin, escaladant des montagnes, sautant de nuages à nuages, planètes à planètes, croisant toutes sortes de personnes, blanche, mauve, orange… Des morts, des vivants, des demis-vivants, des moitiés-morts… La voiture s'arrête soudainement.

— Vous savez, j'ai eu mon permis dans une boîte de céréales, des cheerios si je me souviens bien. Bon allez, venez avec moi. Devant Odry et Bretzel, un palace à 400 étages se tient haut et fier. Du deuxième, les rideaux s'étirent et une femme, belle comme une déesse, d'une peau si douce et d'un vagin qui pouvaient accueillir plusieurs hommes, se tient Nara et le pénis de Bretzel prend plaisir à se redresser, mais dû stoppé sa route au moment ou Alain se pointe.

On aurait dit que ce dernier est un cousin d'un mammouth trisomique vu son état lamentable. En gros, Alain va au gym 40 fois par jour. Ses veines de son cou étant sur le point d'éclater comme des volcans et ces cernes lui descendent le long de ces joues jusqu'à ses grosses cuisses gonflées à bloc.

Terrifié, Odry se réfugie dans les bras de son amour Bretzel.

— Il est pas beau, lui.

Alain Kiki est le genre de gars qui aiment bien casser des gueules justes comme ça, un plaisir qu'il s'est approprié. Il a toujours dit : tu me touches, tu meurs. Tu me regardes, je te crève les yeux. Tu me demandes de l'argent, je t'offre une cenne noire.

Bref, un mec génial…

Donc, Will, Odry et Bretzel sont positionnés bien droit dans une rue bien étroite sous un ciel parsemé de nuages devant un monument historique, la villa Del Mama Joe.

— Pourquoi sont-ils ici Nara ? gronde son fiancé. Je te préviens, si tu me trompes ça va aller mal. Regarde-moé d'in yeux.

— Non, tu vas me crever les yeux.

— Ah oui c'est vrai. Tu me trompes ?

— Tu le sais bien, pourtant ?

— Ah oui, c'est vrai t'es une pute.

— Voilà.

— Attends, t'es une pute ? Tu couches avec tes clients ?

— Non, on joue aux cartes dans le lit et on se raconte des histoires d'horreurs.

Alain lâche sa prise et, sans dire un mot, ouvre la grande porte du bâtiment à ses amis.

Donc, la nuit a été rude et leurs réveils se sont produits au poste de police.

En résumé…

Odry et Bretzel ont été accusés du meurtre par pénétration sévère d'Haleine Fraiche. D'après le dossier, Bretzel aurait ingurgité des pots de viagra et son pénis aurait pris une proportion inimaginable. On l'accuse également du meurtre de Tom.

— Je n'aurais jamais fait cela, je l'aimais Tom, pleurniche Bretzel.

— Je sais que tu l'aimais.

— Tu l'aimais ? le questionne Odry qui se tenait à côté de lui, complètement nue.

— Pourquoi es-tu encore nue ?

— J'aime ça être nue.

Le policier Alvin Laplotte-Sale envoie soudainement un violent coup sur son bureau en bois et enfile une bouteille de whisky aux antidépresseurs.

— Odry, regarde-moi, va t'habiller, ordonne l'agent. Toi, Bretzel, faut qu'on se parle.

Dans un bureau composé d'un simple bureau et d'une chaise où est assis le grand Alvin, il se met à fumer un cigare avant de commander un big mac sur *Uber eat*.

— Je t'écoute, monsieur l'agent.

— Tu connais Alyson ?

— Qui ne connaît pas Alyson ?

— Personne.

— Bah voilà.

— Bretzel, c'est ton vrai nom ?

— Oui monsieur l'agent.

— T'as faim ?

— Oui monsieur l'agent.

— Haha, je t'ai pogné mon esti.

De son stylo bic, il note dans un cahier Canada la santé mentale de Bretzel qualifié d'un schizophrène en manque d'oxygène.

— Bon, alors, Bretzel a violé un clochard avant de lui trancher la tête avec une hache…

— Monsieur l'agent, avez-vous perdu les pédales ? lui demande sérieusement son accusé.

Toujours en train d'écrire, ignorant ses propos, il note aussi son état nerveux.

Et de l'autre côté de la porte, Alain décide de venir en aide à son ami guidé par notre fameux nain national et tous deux firent irruption dans son bureau qui dégage une odeur, comme si notre Hercule Poirot s'était baigné dans sa propre sueur.

— Bon monsieur l'agent, veuillez déposer votre stylo, tout doucement, prononce Alain avant de prendre le collet de Bretzel et de partir sur ses grands chevaux.

TROIS

De retour à son lieu de domicile baigné dans une noirceur des plus sombres, Bretzel ne sait plus quoi faire de sa vie résumée à un dossier qui lui ait dû. Pour aucune raison valable et sans savoir pour quelle raison valable, l'homme asperge ne pense qu'à Nara, langue au fond de sa gorge et ses seins qui reflète l'éternel bonheur, un bonheur qui ne durera point.

Car Alain est toujours là, derrière lui et il sait très bien à quoi il pense. D'une jalousie poussée à l'extrême, il en est devenu à lire dans les pensées de quiconque ose rêver de sa déesse à deux pattes.

— Tu penses à quoi ?

— À rien.

— Ne fais pas l'innocent avec moi.

— Je pense à Tom et à ma douce Haleine Fraîche.

— D'accord, mais la prochaine fois, je t'envoie à l'hospice. Ces seins m'appartiennent.

Et tous deux repartent sur ces belles paroles…

Pendant ce temps, derrière un bureau se tient Eddy en position fœtale, dans un cabinet décoré de tableaux de crocodile dans des positions sexuelles quasi excitantes.

Eddy speedé à l'héroïne est un homme d'une peau mauve translucide causé par ses gaufres hautement radioactives et il a deux belles dents en or.

Un docteur nageant dans l'argent dès que l'occasion se présentait. D'apparence gentil, c'est pas mal ça.

C'est pas mal ça…

C'est ça qui est ça…

Bretzel embrasse les lèvres sèches d'Odry qui refuse son geste si soudain, si spontané. Elle lui promit une longue discussion d'ici quelques heures.

Mais la fameuse discussion n'arrivera jamais, car un autre drame était survenu, ne se doutant pas qu'un sapin s'était touché devant le corps presque qu'angélique d'Haleine. Alors que sur son chemin du retour, à bord de sa décapotable, le nain de jardin fredonne Au clair de la lune.

Ainsi, il s'est endormi sur sa propre comptine et sa décapotable fait un vol plané jusqu'à son garage.

— Odry, pourquoi as-tu refusé mon bec, je pensais que l'on s'aimait ?

— Moi aussi, mais non. Enfin si… peut-être… peut-être que si… si que peut-être que si… enfin que si… Simon… Si mon, mon frère Simon… Tu veux des muffins, pistaches, oignons, riz, melon miel ?

— Tu es un peu folle.

Ils allèrent monter les marches, car tous deux avaient hâte de retrouver Haleine sans penser qu'elle avait le cul gros comme un ballon de foot.

— J'ai un mauvais pressentiment, dit Odry.

— Normal.

Autour de cette maison centenaire, il y a une grosse forêt de 1000 kilomètres carrés et quelque chose en surgit…

Une marche à la fois, pas-à-pas, orteil à orteil, tape dans les mains…

— J'ai entendu du bruit, s'affole Odry.

— C'est dans ta tête.

— Peut-être ? J'ai peut-être faim aussi, mon ventre, on dirait une scie mécanique.

Bretzel sursaute quand la voix grave de chose puante devient aiguë et stridente.

— Tu as complètement perdu les pédales.

— J'imite la scie. Bzzzzzzz

Bzzzzzzz…

Mais ce dernier son ne provenait pas de sa bouche.

— C'est ton ventre ? dit-il

AOUH-HOUUU !

— C'était un loup ? demande-t-elle.

Un sourire s'élargit dans le visage habituellement dépeint de toute émotion de Bretzel et se rappelle un jour fabuleux…

Haleine lui avait dévoré les testicules tel un coyote enragé, le laissant eunuque. Du sang avait éclaboussé les murs et Bretzel finit par tomber dans le coma.

— C'était une nuit magique, dit-il.

AOUHHHH ! OUHHHH ! WATATATOWW !

Munis d'une pelle en plastique, les tourtereaux firent demi-tour vers le bruit menant à l'extérieur et s'avancent à pas de loup dans la noirceur de la nuit couleur gris cadavre jusqu'à un buisson.

Soudain, deux personnes lui font le saut.

— J'ai failli faire un arrêt cardiaque. Je suis fragile du cœur.

— Pauvre petit pet, tu veux un câlin de tante Betterave ?

— Pi oune peutité claqué su'l lé pain-nisse dé toton Ouistiti ?

— Bett ? Ouistiti ?

— Surprise.

— C'est qui ? demande Odry en donnant la pelle à Bretzel.

— Osté dé criss, ça sent lé excraimin.

L'insulte de ce dernier fait pleurnicher Odry.

— Toujours aussi poli, le défend Bretzel.

En bon résumé, ils sont vieux et mentalement des ados prépubères en manque d'extasy, des petits lutins farceurs. Enfin, Bett est normale contrairement à son mari Ouistiti qui s'est inventé son propre accent pour aucune raison.

— Je vous laisse, nous allons repartir dans la forêt. Et Bretzel, si t'aimes les vidanges, demain, je t'emmène dans une décharge publique ?

— Va chier, tante Bett.

Au loin, le couple de vieux ossements se met à rire aux larmes.

— La prochaine fois, tue-les, dit Odry.

Mais vont-ils revenir ? La réponse est non, enfin…

En ouvrant la porte de sa maison, marchant jusqu'à la chambre de Bretzel, la pièce est plongée dans le noir, tellement noir que ça rendait l'ambiance sinistre plus noire que noire et un vent malsain venu s'abattre sur eux balayant les cheveux croûtés d'Odry.

— Tous aux abris, hurle Papa Poux, chef des Pouloupou, la tribu habitant le cuir chevelu d'Odry.

— Désolée, ma belle, Haleine à l'habitude de laisser les fenêtres ouvertes.

Puis, sa réponse ne fait aucunement réagir son amie, positionnée en formation latérale et son hurlement fait un trou dans la poitrine de Bretzel ; son pénis se morfond sur lui-même.

Ouistiti… Son cul, son bel anus, endroit chaud et réconfortant a été anéanti, brisé et élargi, ce fut horrible.

Du sang, beaucoup de sang chaud et humide de couleur arc-en-ciel s'est déversé de son postérieur…

Ainsi Tante Betterave est revenu de la forêt, les mains pleines de sang.

— Mon mari est mort, un sapin lui a percé le cul. Tabarnak ! Si vous avez vu son visage, enfin ses branches, hurle-t-elle comme une forcenée.

Dans les moindres détails, elle raconte sa mort qui semble, ma foi, bien, bien douloureuse.

— La drogue a dû être bonne, lui dit un voisin en petite camisole portant une culotte en flanelle rose cannelle.

— Tante Bett, regarde j'ai aussi les mains ensanglantées, prononce son petit-neveu.

— Tu as tes règles, félicitations.

— Non, pas du tout, c'est Haleine.

Soudain, elle se met à courir sur elle-même.

— Janique, pauvre femme.

— Tu n'as jamais apprécié ma blonde et secundo, c'est Haleine, pas Janique.

— C'est la même chose.

Soudain, l'odeur de rouille se fait sentir dans l'atmosphère et le bruit de moteur se fait ressentir.

Vitesse, 250 km à l'heure, bras droit sur le volant, bras gauche dans le vagin de Nara, Alain est de retour avec sa dulcinée. Sa petite coccinelle est suivie par la décapotable de Will et de la minivan d'Eddy accompagné de Margarine Painpita. Cette dernière, comme son nom le dit, on aime l'a mettre dans n'importe quoi, n'importe quand à n'importe quelle heure.

Cette délicieuse femme de 105 kilos, 6pied2, bonnet D est une femme riche qui n'avais pu être au souper de Tom, préoccupé par son vibrateur de qualité supérieure.

Riche, mais pas trop…

Belle, mais à moitié…

Intelligente, mais juste assez.

QUATRE

Dans une maison grosse comme une queue de cheval, Will, Odry, Bretzel, Nara, Alain, Eddy, Margarine et Tante Betterave sont assis autour d'une table pour discuter de ce qui s'est passé en ce jour du seigneur.

Soudain, on cogne à la porte d'une intensité vraiment intense.

— Veux-tu aller ouvrir, Margarine ? demande poliment Eddy.

— Et si l'on jouait à la paille, propose Nara.

— Heu… Non.

— À cache-cache, suggère Odry.

Soudain, on cogne encore à la porte faisant vibrer la maison.

— À cache-cache, t'as quel âge pauvre conne ? Regarde je vais aller ouvrir, ça finira là, propose Alain Kiki.

— Toujours aussi courageux, lâche Nara en l'admirant de haut en bas.

Mais c'est Bretzel qui fait le premier pas vers la poignée, bloquant le passage à Alain.

— Je pourrais te frapper tu sais, tu ne ressembles à rien avec ta face de gland.

— Bravo pour les insultes et toi, tu t'es regardé dans le miroir ? Visage à deux faces.

— Redis-moi ça pour voir.

— Non, c'est beau.

— Pas de couille, lâche-t-il.

Alain a raison sur ce dernier commentaire.

Bretzel, dans un courage infini, tourne la poignée, le cœur qui bat à une vitesse d'une Ferrari et la porte cède enfin.

Dans une fumée apparaît le riche le plus bizarre du groupe, celui qui aime bien les papiers mouchoirs et autres objets divers.

— Vinny LePetitVignoble ?

— C'est bien moi, veux-tu m'expliquer pourquoi, c'était bien long avant de m'ouvrir ? Je viens vous présenter ma nouvelle collection de bas. J'ai des bas de laine, des bas en fil de pêche…

— Je m'en caliss de toi, lui dit Alain.

— C'est pas gentil ça. On m'aime bien, pas vrai ?

Personne n'ose répondre ce qui amuse le grand musclé, l'homme génétiquement boosté aux testostérones, ce met à rire jusqu'à ce qu'un sapin se tient derrière Vinny.

— C'est ton nouvel ami ?

Sans crier gare, le sapin enroule son pénis long de plusieurs mètres autour de lui comme un serpent qui détient sa proie.

— À moi !

Personne n'ose venir à son secours.

— Je pensais que vous étiez mes amis.

L'arbre sert tellement fort le collecteur de bas que sa tête prend de l'expansion.

— Ta tête, on dirait un ballon de baudruche, commente Margarine.

— Ça va exploser, hurle Bretzel qui se jette au sol.

— Voyons, ç'n'a jamais tué personne, un cerveau qui explose.

BOOM !

Alain reçoit de son sang contaminé par le sida en plein dans ses yeux.

— J'en ai dans la bouche.

Il se met à genoux et sa peau se dégrade et tombe au sol, en petits lambeaux tuant à petit feu ce valeureux Alain Kiki.

Il meurt tragiquement et surtout affreusement à côté de Vinny.

— Mon petit Kiki, yes il est mort. Tu mérites ton sort, petite merde. Je te pisserais bien dessus, mais j'en ai pas envie, lui crache sa belle.

Nara n'a jamais été aussi heureuse, mais c'est de courte durée quand Bretzel lui empoigne sa main sans oublier Odry.

— Mon héros, prononces cette dernière, insouciante du danger.

Sortant par la porte arrière, la suite des choses est devenue de plus en plus absurde. Eddy, le riche docteur qui avait déjà soigné des martiens, fait une proposition en cours de chemin, dans une clairière paumée en pleine nature.

— J'ai une proposition, et si l'on se battait ?

— Tu sais te battre, lui répond Will ?

— Non, mais j'ai déjà fait du karaté.

— Tu as fait du karaté, toi ?

— Bon, d'accord, j'ai déjà regardé du karaté.

— Tu as déjà regardé du karaté ?

— Heille, le nain de jardin, ferme donc ta yeule.

Coup de poing en évidence, Will est prêt à affronter Eddy.

— Montre-moi ta force.

— Les gars, ça va faire, se fâche Nara. On a tué mon mari, j'avoue que je suis contente, mais ce sapin s'en est quand même pris à nous.

— Et nous, on ne va pas se laisser faire, complète Bretzel.

— Je peux vous faire mes muffins, ajoute Odry.

Ce dernier commentaire laisse un long silence plané.

— Qui sait se battre ? demande Margarine.

— Alain, mais il est mort, répond Will.

— Moi, j'ai déjà battu mon chat Vieille-Peau, dit Margarine.

— Ah, moi j'ai déjà donné des coups de canne à des voleurs, continue tante Betterave.

— Avec mon haleine de chacal, j'endors les gens, mentionne Odry.

Soudain, entre deux conifères se tient l'arbre, plus excité que jamais.

CINQ

Dans une course contre la montre où même le temps se demande s'il arrivera à l'heure, nos survivants courent et courent, sautent à travers des maisons, traversent des champs de mines et traversent la forêt amazonienne.

Ce qui n'est pas totalement vrai…

À leur trousse, Tante Betterave se questionne sur la vie (Qui était réellement Adam et Eve ?)

— Non, mais vraiment, ont-ils vraiment existé ou bien Adam se prenait juste pour Tarzan ? hurle-t-elle jusqu'à s'époumoner, voire même, s'étouffer avec son propre poumon.

Soudain, une cloche vient de s'allumer dans son cerveau qui ne reste plus que des miettes de pain et autres substances graineuses.

— Et si Adam était le fils légitime de Jésus ?

Marchant sur des feuilles à l'apparence feuillues, elle ignore dès lors, la branche qui lui chatouille l'omoplate.

Ne s'aperçoit pas qu'elle est seule, dans sa folie la plus démente.

Ladite branche vient lui perforer l'anus, plus fort et plus profond jusqu'à ses intestins.

Dans ses entrailles et autres membranes, elle jouit et par un effet boule de gomme, Betterave devient à son tour, un être végétal.

Pas n'importe quel spécimen…

Non !

Un pissenlit…

Dans sa joie frétillante, monsieur Sapin dévore la plante.

Bretzel, Odry, Will, Nara et Margarine continuent leur course comme s'ils étaient aux Jeux olympiques prêts à recevoir la médaille du siècle. Tandis que les spectateurs les fixent et applaudissent tels des automates sans âme.

De son côté, le pauvre docteur plein de bonne volonté chute au sol et se fracture la mâchoire. Blessé et sans savoir comment remettre en place la mandibule, il voit l'arbre armé de son gros pénis aux épines frétillantes.

Une vision horrifique qui le fait vomir, un regrettable choix…

Le pauvre docteur se fait massacrer par l'énorme engin de l'arbre tueur.

Ceux qui se tiennent toujours sur la piste de course arrivent à un vieux cabanon qui ne contient plus de toit, plus de portes, plus de fenêtres…

Un bâtiment posé en plein milieu d'un terrain donc le gazon semble aussi mort que l'haleine d'Odry.

Au sol, des cannes de conserve périmées depuis 1700 avant Jésus-Christ sont disposées en losange et une pizza moisit à quelques mètres de là. Sur un divan laissé en abandon sur le perron, des araignées semblent boire du thé.

Un véritable conte de fées…

Soudain, nos héros entendent un bruit à l'intérieur de ce dépotoir et une odeur tellement horrible que Bretzel entre dans un état second de sobriété.

L'effluve grisant vient de l'étrange obèse de 500 livres et 200 dictionnaires.

— Papa, dit Odry.

Celle-ci et celui-ci se regardent passionnément jusqu'à ce que l'individu lâche un ta gueule bien sec, ce qui fait rire Bretzel et Nara.

Jusqu'aux larmes…

Des larmes qui ne firent qu'un…

Ces derniers s'embrassent langoureusement tout comme Will avec sa bonne vieille Margarine.

Mais cette dernière n'apprécie pas son geste que son poing lui brise le nez.

De son prénom, le gros Jo Louis montre à nos camarades son pipi de la veille reclus dans un bocal.

— On s'en torche, lâche Will.

— Écoute, le meilleur s'en vient. Avec ma pisse, je veux savoir pendant combien de jours, elle va moisir.

Bretzel lui prend sa gorge bien graisseuse et lui ordonne de se taire, car il le sent.

Le sapin arrive…

— Qu'es-tu racontes là ? Un sapin tueur ? Tu veux des tylenols pour guérir ton mal de crâne.

Accroché avec du papier collant, Will discerne une tronçonneuse et il s'en empare tel *Leatherface* dans massacre à la tronçonneuse.

— Appelez-moi Tronçonnier !

— Et moi, Fourchine, hurle Margarine armée d'une fourchette en plastique.

— Je serais Golfini, prononce Odry qui s'empare d'un bâton de Golf.

— Je suis Centuria, dit Nara qui se dévoile d'une ceinture.

— Et moi le Boucher, hurle Bretzel qui tient un couteau de cuisine.

Sans crier gare et sans que le train soit arrivé à temps, notre joyeux luron bien lubrifié défonce la porte d'un coup de queue si violent que les morceaux de bois transpercent le corps mou de Jos.

Dans un effet de lucidité, Margarine fait tomber sa fourchette au sol et admire l'arbre.

— Ouin, méchant gros pénis que tu as, mon ami.

À cette déclaration, les branches empoignent sa tête et lui ordonnent de le sucer.

Elle s'exécute englobant même les épines qui lui transpercent les lèvres.

Un spectacle macabre dans une scène presque excitante. Elle meurt avec la gueule épinée.

Will, démarrant sa scie mécanique, l'objet refuse d'obtempérer.

Le sapin s'en prend à Odry et son corps fait des acrobaties avant d'atterrir dans le grille-pain.

Armé de son couteau, Bretzel finit par poignarder le sapin en pleine poitrine.

L'être végétal s'effondre au sol devant Nara et Will ainsi qu'une Odry brûlé au troisième degré.

Will quant à lui, se demande où est le gros Jos Louis.

— Où est l'obèse ? demande-t-il.

Sa réponse lui saute aux yeux quand il détecte des traces de pas.

D'énormes traces de pieds sur le sol bien dégueulasse.

Will, le demi-nain de jardin, se met à sa poursuite pendant trois jours.

Trois jours sans dormir, sans se laver.

Trois jours à courir, à suer que le criss…

Au troisième jour, le soleil semble le réchauffer et il s'arrête brusquement.

— Fuck qu'il fait chaud.

Le nain à moitié jardin se dévêtit.

Un geste qui lui coûtera la vie, car à cet instant, il sent quelque chose de froid dans son postérieur.

De pas très confortable.

C'est un autre type de pénis, très frisé et pas très propre. Il sursaute en découvrant l'obèse nu comme un énorme ver bien gluant. Sa bouche pas très hygiénique s'approche de son oreille.

— Ce sapin-là, c'est mon arrière-arrière-grand-père, Alyson qui l'a conçu. En gros, je suis un psychopathe et comme vous avez fait du mal à mon sapin, tu en assumeras les conséquences, comme un grand garçon.

Soudain, on l'assomme d'une roche et Will se réveille quelques jours plus tard dans un lit en bois fermenté.

Devant lui est dressé telle une statue de cire au musée Grévin, un homme habillé d'un costume noir qui sent le bacon calciné ainsi qu'une femme aussi maigre qu'une feuille de papier vêtu d'une robe rouge, d'une beauté hors norme…

Conne, mais ravissante…

— Bien dormi, mon salaud, mon nom est Big Tony del Chicha Man et voici Miss Lady Lili.

Sans répondre à son tour, la dame enlève sa tenue et dévoile des seins bien ronds et bien fermes ce qui fait bander Will.

L'ancien nain n'est plus, il se découvre d'une bite démesurée parsemée d'épines.

À cet instant, la porte de la chambre s'ouvre et l'obèse avec son air de fière allure est armé d'une hache.

— Alors, je t'explique Will, tu es devenu le sapin tueur, 2,0.

SEPT

Branché à dix machines, Odry ouvre enfin ses yeux. Devant elle se tient le grand docteur Billy Porte-Manteau. C'était la prostituée de Tom qui, souvenez-vous s'est fait déchirer l'anus par le sapin violeur de ces dames.

— Te voilà enfin réveillé, mon lapin…

— Merde… crie-t-elle, ce qui fait paniquer le docteur.

Tournant sur lui-même, il n'arrive pas à savoir pourquoi elle hurle comme ça.

— Je suis devenu un lapin, finit-elle par répondre.

— Haha ! Bien non, c'est juste que j'appelle mes patients ainsi.

Respirant, elle se découvre une peau autant ciselée par les croûtes terrestres.

— Regarde-moi, tu dois rester calme.

— Resté calme, m'as-tu vu ? J'ai l'air d'un steak trop cuit.

— J'ai vu, je suis quand même pas aveugle, criss de tarte.

— Je suis une tarte, oh my fucking god, hurle-t-elle.

— Ta gueule.

— Je suis pas un animal !

— Mais je sais…

— Mais alors, arrête de me traiter d'animaux, grosse tétine.

À cet instant, Billy sent une veine dans son cou, puis deux, puis trois…

— Ma tabarnak…

Prenant une bouffée d'air, le médecin sort de l'hôpital Ste-Merde-De-Dieu, s'assoit sur un banc quand une mouette lui chie sur la tête.

— Vous, mes tabarnak d'esti d'oiseaux de mes couilles… Vous êtes chanceux que je vole pas, je vous aurais brisé la nuque…

Tout d'un coup, une voiture arrive dans le stationnement après avoir foncé dans un panneau-stop, brisant la nouvelle voiture de Bretzel.

— Mon Jeep orange, c'est pas vrai, dit-il laissant échapper des larmes.

À bord, Nara est en train de lire la Bible sans se rendre compte de la tristesse de son compagnon.

Dans le rétroviseur, Bretzel voit Billy envoyant chier des mouettes, lâchant des jurons toutes les 30 secondes.

— Billy ! Comment va mon Billy préféré ? dit-il en sortant du véhicule à moitié démoli.

— Pas très bien, on m'a déféqué sur le crâne, caliss.

Soudain, il eut un hurlement.

— Encore, cette esti de folle là. Fait kekchose, mets-y un sac sur sa tête, étouffe-là.

Sans se douter que ces paroles deviendront réalités.

Cinq docteurs sortent de la chambre d'Odry dont l'un d'entre eux est Big Tony, le ravisseur ayant le feu au cul.

— Sera pas bien long, faut que j'aille faire caca.

Son troupeau de moutons attend dans le couloir tandis que Tony part à la recherche de la salle de bain dans une quête réunissant mamie Ginette à moitié morte et Jacques le diabétique.

Ces derniers guident le meurtrier jusqu'à son trône après avoir affronté Gilles Bras d'Acier dans un combat sanglant à main nus.

Sur le bol, Tony force, appelant même les ténèbres de lui venir en aide.

— Je pense que… Je suis… constipé…

Forçant avec une force démentielle, il revoit la scène du meurtre commis.

Odry avait été assassiné cruellement par un gars grand et laid parfumé aux fesses de cochon.

— Je vous jure, caliss, j'ai rien fait à cette pauvre garce, se défend Billy qui meurt poignardé par le couteau d'un Bretzel enragé.

Toujours en train de lire la Bible, Nara ne constate pas les faits présents.

— Alors ça, c'est intéressant, Josué mène les israélites dans une bataille contre les Amoréens…

— Tu sais, ce que je vais en faire, de José et ses Israéliens ?

Fermant le bouquin, par ces pupilles dilatées, Nara, une féminité que nulle femme ne pouvait avoir fixe tendrement son ami.

— T'es si belle, mais tu es trop stupide de savoir ce qui se passe.

Debout, elle lui prend ces mains et le fixe avec une énergie positive.

— Si tu veux m'en parler, tu peux, je suis là pour toi.

— Je viens de tuer Billy par vengeance. Il a assassiné Odry, pleurniche-t-il.

— C'est correct je comprends ta peine, mais Billy n'est pas son assassin.

— Pardon ?

Ses doigts pointent alors un troupeau attendant son coyote.

HUIT

L'heure de la chasse a sonné…

Armé de sa hache, Big Tony dirige sa meute vers un hangar où Miss Lady se rase l'entre-jambes tandis que Will transformé en un sapin dévore gros Jos Louis ; aspirant même ses entrailles et dégustant sa colonne vertébrale.

— Méchant sapin, méchant… s'époumone Tony en faisant irruption dans son domicile.

Dans la maison de Billy, tous les murs sont peinturés d'un jaune dégueulasse et les mobiliers semblent fixer l'intrus d'un œil sournois.

Alvin Laplotte-Sale habillé d'un pantalon rose et d'un t-shirt turquoise, ses cheveux sont maintenus en l'air grâce à de la *krazy glue*.

Il ne se gêne pas pour se diriger vers sa cuisine baignée dans une noirceur bientôt reflétée par la lueur de son cigare qu'il allume à l'aide d'un briquet abandonné sur le comptoir. De son manteau en fourrure de mammouth, il en sort un carnet et note tout ce que le détective perçoit, dans les moindres détails.

Pour lui, chaque détail à de l'importance…

Pour lui, il n'y a pas de doute, Billy est coupable.

Soudain, il sursaute quand Laplotte découvre une paire de ciseaux sur la table.

— Bon, premièrement, qu'est-ce que ça fait là ?

Empoignant l'arme avec précaution, il observe attentivement jusqu'à…

— Ok gang, Billy était un tueur en série, hurle-t-il dans son talkie-walkie.

— De quoi parles-tu patron ?

— J'ai trouvé un morceau de branche. Bretzel avait eu raison de nous avertir et la petite maudite, je l'aime bien finalement. C'est tout, bonne journée.

Bretzel assis sur son balcon, Nara vient le rejoindre pour lui apporter une nouvelle qui n'a rien avoir avec l'histoire du moment.

— Je sais qui, qui a tué Jésus. Ce serait Ponce Pilate, le préfet romain de Judée.

— Mais toi, tu n'as aucune pitié, lâche-t-il, fixant le vide avec une intense intensité.

— De quoi parles-tu ? questionne-t-elle en lui servant un chocolat au lait d'autruche.

Buvant le liquide un peu trop chaud pour sa petite bouche sensible, il se lève debout et résume la situation.

— Tu as un charme qui dépasse l'imaginaire, mais tu n'as pas l'air au courant de ce qui se passe depuis que… Mais où as-tu trouvé cette bible-là au juste ?

— C'est un cadeau de ma mère, elle me l'a légué à ma naissance. Ça été la première chose j'ai mis dans ma bouche…

— Je m'en fous en fait, mais vois-tu, Odry a été tué, Will a disparu et maintenant à qui le tour ?

Ouvrant le frigidaire de Billy, Alvin note que c'est un alcoolique fini.

— Bon alors, bouteille de Jack Daniel année 1919.

Détective Laplote se met à renifler le contenu puis note l'odeur.

Tout d'un coup, le téléphone fixe de la demeure de feu Billy Porte-Manteau se met à sonner.

— Oui allo ? répond l'enquêteur.

— Qui es-tu ? Qu'as-tu fait à mon ami ?

Miss Lady attend une réponse que jamais elle n'allait recevoir.

Alvin avait préféré raccrocher et noter que le docteur avait une relation avec une inconnue.

S'allumant un deuxième cigare, il s'assoit sur le plancher et joue à Uno avec son ami imaginaire.

— Tu as entendu ça, mentionnes son double après avoir lancé un +4.

— J'ai pété, répond-il après avoir lancé un +6.

— Peut-être, conclut-il après avoir lancé un +8.

— Ou peut-être pas, termine-t-il après avoir lancé un +10.

À ce moment précis, après avoir joué à touche-pipi, une explosion surgit et Alvin tombe au sol.

S'allumant un troisième cigare, il voit au-delà de sa fumée, le démon habillé en sapin avec un membre bien dur, prêt à faire saigner l'anus de sa victime.

Sur ses deux jambes, muni de son taser, Alvin provoque l'arbre qui lui envoie une claque à coup de bat.

L'homme est percuté et déboussolé par l'attaque si soudaine. Il tombe au sol.

NEUF

— Tu sais, ma mère est morte parce que j'en est eu envie et la bible, elle me l'a légué en m'expliquant que ce bouquin allait soigner mon trouble. Mais toi, Bretzel de mes deux, tu as embarqué dans mon jeu tout le long. Je lis ce bouquin pour le simple plaisir de le lire. Maintenant que tu as bu le liquide dans lequel j'ai déversé un poison pour les rats, tu deviendras toi aussi un sapin et là tu pourras me défoncer le cul si t'en as envie.

… Si tu en as envie bien sûr… Ah, bien non, tu es circoncis.

… Maintenant, laisse-moi, juste terminer mes pages, il m'en reste 732 à lire. Le temps que tu t'endors, paisiblement.

732 pages plus tard,

TOC-TOC-TOC

— Vous pouvez entrer.

D'une grande élégance, Miss Lady a ligoté Bretzel plongé dans un sommeil si profond qu'on pouvait lui trancher la gorge, il ne sentirait plus rien.

C'est seulement une semaine plus tard qu'il se réveille, la tête à l'envers devant une Nara occupée à lire le Coran.

Elle ressemble à une gamine ayant été trop gâtée pendant le temps des fêtes.

Derrière celle qui l'a trahi se tient haut et fier, l'arbre vicieux et son pénis toujours autant excité par la chair fraîche.

— Tu sais que c'est Will qui vit à l'intérieur de ce sapin ? mentionne Big Tony habillé d'une soutane et d'une couche.

Avalant sa salive, il continue de jacasser.

— Will était minable, une vermine dans un monde de brute. Tu comprends que je devais le rendre meilleur. C'est-tu ce que ça fait être un nain ?

Bretzel qui ne répond pas continue de le laisser parler, si cela lui fait du bien.

— Bref, moi je ne le sais pas. Mais regarde je l'ai rendu meilleur. Maintenant, tu vas le sucer et je veux te voir aimer ça.

Sous ses ordres, le sapin lui met sa queue dans la mâchoire d'un Bretzel tordu par la douleur causée par ses épines qui lui perfore les lèvres. Mais tant pis, notre héros eut une idée géniale.

À l'aide de ses dents, il dévore sa bite et du sang s'en éjecte et l'arbre tombe au sol.

Puis, Bretzel décède par les épines du sapin.

N'ayant eu aucune chance et la chance sourit à Nara quand elle finit de lire le Coran et poignarde au cœur Big Tony.

— Non, mais… Je m'excuse je sais pas pourquoi j'ai fait ça, je trouvais que ça avait l'air amusant.

De son couteau, elle ne sait plus quoi en faire. Soudain, sa tête fait un 360 sur elle-même et son corps chute au sol.

— Où est mon pénis ?

Dans sa rage, le sapin ayant survécu a développé le don de la parole.

Puis d'une porte, Miss Lady est stupéfaite par l'état de la pièce. Pendu par les pieds, repose le corps de Bretzel et au sol, ceux de Big Tony et Nara.

— Bon alors, mon grand au membre déformé, viens-tu voir maman, je vais te…

— Ta yeule, pauvre connasse…

Et à l'aide d'une hache, le sapin tueur lui tranche la tête.

Bretzel Prince-Phallus - Kane Fournier

Odry L'Avorton - Émeline Dagrain

Sapin tueur - Akamé Sansoucy

WilliamFred Freddy Frette-Ton-Hiver - Jeff Bouchard

Nara dite La Fée-Condé - Pascale Lafrenière

Alain Kiki- Didier Roth

Eddy Cure-Dent - Sébastien Meunier

Alvin Laplote-Sale - Yvan Lemieux

Big Tony Del Chicha Man - Jocelyn Grenier

Miss Lady Lili - Kulinski Marie

Margarine Painpita - Danyèle Despins

Gros Jos Louis - Joseph Abboud

Sapin tueur 2.0 - Akamé Sansoucy

Tante Betterave - Léthicia Pilote

Haleine Fraîche - Maude Bouchard

Billy Porte-Manteau - Bruno Mercille

Tom Vic Von Van Vervant - Bruno Mercille

Alyson - Alex Carment

Vinny Lepetitvignoble - Van Dorpe

Poppy-Pop Bloody-Blop - Laury-Lune Meunier

Tonton Ouistiti - Cédric Dougnier

Fumant un cigare puis un deuxième, Alvin Laplote-Sale note la scène de crime dans son cahier, la manière dont Bretzel, Nara, Tony Miss Lady sont décédés.

Dans les moindres détails, jusqu'à la moindre poussière…

Empoignant son talkie-walkie, il prend une respiration…

— Un deux, un deux, j'appelle de la base militaire d'Asviot pour annoncer que nous avons un tabarnak de sapin tueur à retrouver…

Fin.

Jeff est passionné d'écriture et de lecture depuis qu'il est tout jeune. C'est en février 2024, qu'il a sorti son premier livre sur Amazon, Petit Canard.
Un livre psycho-horrifique co-écrit avec Kane Fournier.